푸른사상
시선

69

눈물도 때로는 희망

조 선 남 시집

 푸른사상
PRUNSASANG

푸른사상 시선 69

눈물도 때로는 희망

1판 1쇄 · 2016년 9월 25일
1판 2쇄 · 2017년 8월 5일

지은이 · 조선남
펴낸이 · 한봉숙
펴낸곳 · 푸른사상사

주간 · 맹문재 | 편집 · 지순이 | 교정 · 김수란
등록 · 1999년 7월 8일 제2-2876호
주소 · 경기도 파주시 회동길 337-16 푸른사상사
대표전화 · 031) 955-9111(2) | 팩시밀리 · 031) 955-9114
이메일 · prun21c@hanmail.net / prunsasang@naver.com
홈페이지 · http://www.prun21c.com

ⓒ 조선남, 2016

ISBN 979-11-308-1046-1 04810
ISBN 978-89-5640-765-4 04810 (세트)

값 8,000원

눈물도 때로는 희망

첫 시집을 세상에 내놓은 지 15년이 흘렀다.

아득하다.

두 번의 노조위원장과 두 번의 구속, 이제 마을 목수로 또 다른 삶을 살아간다.

사는 일이 바빠서 시를 쓰지 못했고, 싸우느라 시를 쓰지 못했다.

그렇지만 시를 놓을 수 없었다.

지금의 나에게 시는 동네 시인으로 살아가면서 문간을 고치듯 이웃의 삶을 보듬어주는 일이라고 생각한다.

두 번째 시집을 내놓으면서 나를 정리하고 싶었다.

아내가 아파한다는 시를 감옥에 온 노동조합 활동가들에게 보여주었을 때 모두 자신의 삶이라고 이야기했다.

내 시는 수많은 동지들의 삶이다.

2016년 8월
조선남

| 차례 |

제2부

제3부

제4부

제1부

강변 살던 그때가

사는 일이 뜻대로만 되지 않아
아내의 출근길이 삼십 분이면 넉넉한
낙동강 성주대교 옆, 촌집 하나 얻어 살았다.
봄이면 앞마당에 상추도 뿌리고
가을에는 저녁노을보다 더 붉은 감 홍시 걸렸다.
안개에 가려진 마을 길 들어서면,
한 걸음 한 걸음 발길 떼어놓을 때마다
이슬에 젖은 들길은 길을 열었고
빈집을 지키라고 키우던 진돗개도
따라나선다. 가끔씩 찾아오는 벗들은
젊은 나이에 전원생활이라 부러워했지만
맞벌이 직장 생활에 둘째까지 떼 맡기고
아내는 품에서 새끼를 빼앗긴 어미처럼
우울한 나날을 보냈다.

아내의 근무 번 표에 맞춰 몇 달에 한 번씩
울산까지 아이를 보러 다녔다. 젖도 떼기 전 떨어져
이모를 엄마라 부르며, 아이에게 아내는 가끔씩

놀러 오는 마음씨 좋은 친척쯤으로 느껴졌는지 모른다.
걸음마를 배우고, 예쁘게 인사하는 귀여운 모습
가슴에 담아 돌아 나오면 눈물이 고였다.

어느 날 바쁘게 울산을 다녀오는데
아무도 없는 빈집에서 기르던 어미 개는
필사적으로 묶인 끈 끊어내고
들개처럼 마을을 돌아다니며
이웃집 개 사료를 훔쳐 먹고 돌아와
어미의 주둥이만 바라보는 강아지 앞에서
배 속에 든 것을 게워내는 어미 개를 보며
아내와 나는 얼마나 서럽게 울었는지 모른다.
짐승도 저렇게 제 새끼를 거둬 먹이는데
벌겋게 충혈된 눈으로 짐승보다 못한 아비는
노동운동이고 뭐고 다 때려치우고 싶었다.
그때는

몇 년 세월이 흐른 지금, 돌아보며

몸서리치게 아파했던 그때가

아름다운 풍경처럼 아득해 보인다.

강변 살던 그때가

그해 겨울, 가난한 사랑

사람들 앞에서 내 시선은 애써 당신의 눈빛을 외면했다
두려웠다. 혹 사랑에 빠졌다고 할까 봐

길을 걷다가 내 곁에서 발걸음 같이하는 것도
두려웠다. 혹 수배자의 애인으로 지목받을까

땅끝 어느 작은 공장에서 땜질을 하면서도
소식 한번 전하지 못했다
모질지 못한 성격에 눈물이 앞설까 봐

약속은 계약이 아니라 말하며
당신 이름 한번 다정히 부르지 못했던
우리의 사랑은
짙은 밤 안개, 비처럼 뿌리던 날
암호로 주고받던 긴 호흡이었다

헤어지는 밤길, 아쉬워하며
눈가에 맺히던 별빛 선연한데

끝내 사랑한다는 말 한마디 못 했다

그해 겨울, 우리들의 가난한 사랑
그 보잘것없는 순간마저 빼앗길까
두려웠기 때문이다.

아내가 걷는 상수리나무 숲

상수리나무가 내어준 산기슭
좁은 돌담길을 걷는다
바스락바스락 밟혀 오는 소리에
아내는 아스라한 옛길을 걷다가
놀란 담비에게 먼저 길을 내준다

부축하여 걷던 나를 돌계단에 앉혀놓고
손바닥 위에 햇살을 받아
스치는 바람에게 하소연이라도 하듯
긴 한숨을 몰아쉰다.

지난 가을
회사에서 연락받고 달려간 중환자실
모두들 희망이 없다고 말했을 때
아내의 눈물샘도 말랐다.

우리 어디까지 왔을까?
왜 상수리나무의 도토리는 겨울 눈보라에

살이 얼어 터져야 여물어질까?

기다리는 대답도 없이 묻고 또 묻는다

아내의 눈시울이 붉다

아픈 다리 부축하여 걷는

아내는 더 힘겹고, 아파한다

아내가 걷는 상수리나무 숲

낙엽 지는 길은,

겨울을 지나 봄을 향해 나 있다.

은행잎 하나

경주에서 감포로 넘어가는 길
기림사 은행나무 숲이 곱게 물들어
손끝에 닿아 저려오는 기억들
그 가을 은행나무 숲은
사랑을 가르쳐주었다.

몰래 한 사랑
숨겨둔 은밀한 밀어는
또 다른 시련이었다.
수배자를 사랑한 여인
동구의 몰락과 혼란에도
미련한 사내는 공단 주변을 어슬렁거렸고
공사판을 전전했다.

그해 가을
기림사 은행나무 숲은
사랑으로 물들고
아직도 진행 중인 우리들의 밀어는

가슴 아린 눈물에 젖고 있다.

하늘도 가로막을 듯 높은 교도소 담장 안
운동장에 한 그루뿐인 은행나무는
겨울비에 젖어 그 잎을 모두 떨구어냈다.

이별은 또 다른 만남을 약속하듯
아픈 사랑으로 책갈피에 끼워둔다.
은행잎 하나

겨울 강가에서

바람이 불었다.
마른 풀잎 위로
마지막 잎새가 떨어진 감나무
그 마른 가지 사이로 바람이 불었다.
푸른 달이 구름을 비켜가고, 늦은 밤
강둑에 앉아 당신을 기다렸다.

어쩌자고 나를 사랑했던가.
가난한 시인을
먹고사는 일이 곤궁하고
피를 말리듯 영혼을 태우는
격정의 한 시대를 절망의 몸짓만 남긴 채
겨울 강가에서 당신을 기다렸다.

자정이 다 되어서야 퇴근하는 당신의
고단한 하루를 곁에서 지켜보는 것으로도
겨울나무는 속울음을 울 수밖에 없었다.

나는 사랑한다는 말도 못 하고

젖은 눈으로 그저 바라볼 뿐이었다.

강바람이 차다.

겨울 강가에서 당신을 기다렸다.

눈물도 때로는 희망

달빛이 환해
투명하게 비친 유리병처럼
그리운 마음이 드러난
길가 풀잎처럼
그대와 걷는 밤길이
걸어도 걸어도 힘들지 않았다.
의미 없이 던지는 말 한마디에도
눈시울 적시며 듣고 있는 당신 앞에
나의 노래는 떨리고 있었다.

사랑이라 믿고 싶었다.
미어지는 그리움이라 믿고 싶었다.
아무리 힘든 길이라도
그대와 함께 걷는 길은
행복했다고 믿고 싶었다.

투쟁의 거리에서 목소리가 잠기고
밑도 끝도 없는 논쟁에

상처 입고 돌아온 나의 침묵은
당신에게 아픔이 되었지만
상처를 어루만지고
하염없이 걷다 보면, 어느새
상처도 아픔도 사랑이더라.

달빛 환한 밤길,
그림자 되어 곁에서 선 그대여
눈물도 때로는 희망이더라.
밤이슬에 젖은 풀잎이
그대 눈물이더라.

아득히 오래된 상처에 다시 피가 흐른다

참 세월이 많이 흘렀구나
겨우 두 돌도 되지 않은 너를 들쳐 업고
집회 현장을 쫓아다녔던 일들이
이제는 아득히 오래된 기억이 되고
아비는 어느덧 세월의 한파에 주눅이 들었나 보다

골방에 모여 앉아 촛불 하나 밝히고
역사 앞에 흔들리지 말자고
온몸에 전율이 흐르던 아득한 기억이
너를 통해 아파 오는구나.

아비가 투쟁하고 현장을 돌아다니고
투쟁하고 감옥이나 들락거리면서
네가 얼마나 아팠고
힘들었는지 눈길 한번 주지 못했구나

부끄럽게도 아비는 그랬다
너희들만은 아비가 살았던 세월을 살지 말았으면

너희들만은 아비가 걸었던 가시밭길을 걷지 말았으면
적당히 공부하고, 적당히 취직하고, 평범하게
살아주었으면 하는 바람도 있었다.

광화문 네거리에서 비를 맞고
외치고 있는 너를 보면
아득히 오래된 기억
아득히 오래된 상처에 다시 피가 흐른다.

서러운 가슴에 촛불을 밝혀다오

아카시아 향이 푸르른 오월이구나,
열다섯, 어린 너에게
그늘이 될까 두려웠다
못 배웠다는 것이
가난하다는 것이
하루 일이 끝나면, 또 하루 일을 걱정해야 하는
부모의 삶을 대물림할까 두려웠다.

그래서,
그래서 말이다.
영어로 수업하겠다는 대통령의 말에
가슴이 덜렁 내려앉았고,
0교시 수업이 또 무거운 짐이었고
우열반을 편성하겠다는 정부의 발표에
학원 하나라도 늘려야 하지 않을까
걱정했다.

오월의 향그런 꽃향기처럼

연초록 푸르른 네 꿈들이

우열반으로 나눠지고,

끝도 없는 경쟁으로 내몰려도

그저 공부하란 말밖에 할 수 없었구나,

딸들아,

이 아비의 서러운 가슴에 촛불을 밝혀다오

어둡고 답답한 가슴에 촛불을 밝혀다오

1등이 아니어도,

가지지 못했어도

병든 소, 미친 소를 수입한다고 했을 때

그저 그런가? 했었다. 어떻게 해볼 도리가 없었다.

재벌을 위한 정부가,

경제를 살리겠다는 말 한마디면 누구든

함부로 나설 수 없었다.

바람이 불면 꺼져버릴 촛불이

여린 손,

흔들리는 촛불을 밝혔구나

포크레인 삽날 앞에 여린 풀포기 같은
열다섯, 열일곱 너희들이
촛불을, 생명의 불을 밝혔구나,

"미친 소 너나 먹으세요!"
촛불에 촛불을 옮겨 붙이고,
서투른 말 한마디가 가슴에 맺혀
말을 끝맺기도 전에 먼저
눈물을 보이던 사랑하는 딸들아

어둡고 서러운 아비의 가슴에도
불을 밝혀다오

제2부

상처가 꽃이다

꽃이 핀다
봄이 왔다는 것인데
나무에게 꽃은
아픔이고 상처다

지난겨울
눈의 무게를 견디지 못하고
부러져버린 가지며
새봄이 오기 전에 잘려나간 가지며
그 모든 아픈 기억들을
담아내며 움 틔우는 꽃은 상처다

꽃의 기억은 상처에 있다

나의 노동

누군가 나를 감시하고 있다
나의 노동을
나의 삶을
날카로운 드릴로 이마를 뚫고
감시 카메라를 장착해
꿈꾸고 사랑해온 시간들
잊혀진 기억까지 감시하고 있다
직장 상사인가
언제나 나의 자리를 넘보는
저, 주림에 지친 눈빛들…… 하청 노동자들인가
아니다 살아남으려는 발악에 가까운 몸부림
내 몸값을 올리고, 언제든지 무슨 일이라도 할 수 있게
다양한 기능을 익혀두라고 충고하는
약육강식, 야만의 경쟁 논리가 나를 감시하고 있다

꿈속까지 쫓아와 나를 다그치는 불안감
대체 이 불안감의 정체는 무엇인가
끊임없이 경쟁으로 내몰리고

그 대상이 결국 나의 노동이 되는

갈가리 찢겨져 객체로 남아버린

야만의 시간들 속에 꿈은 사라지고

사랑도 시들고

삶의 의지마저 꺾인 채

나의 육체는 더 이상 영혼을 담는 그릇이 아니라

자본의 이윤에 약탈당한 빈 껍질이다

나의 노동은 늘 고부가가치의 생산을 요구받고

그때만 고용이 보장된다

또한 나의 노동은

늘 동료들의 노동을 감시하고

언제라도 대체 인력으로 투입될 수 있는 값싼 노동이다

사슬에 묶여

벼랑 끝에, 풀뿌리라도 부여잡고 매달린

나는

시퍼런 칼날 위에서 대치하고

절망과 희망의 가르는 전선이다

목수에게 망치는

목수에게 망치는 손이다
망치 하나면 못 하는 것이 없다
묘기는 아니지만 병 따기는 기본이고,
깡통을 따는 것은 물론이다
손이 닿지 않는 곳에 손의 역할도 한다

몇 번 자기 손등을 내리찍고
몇 번 손톱이 빠져보기도 하고
아픔이 크고 고통이 길수록
망치는 민감해진다
망치는 손이 느끼는 감각을 느끼고
손이 느끼는 아픔을 느끼기도 한다

망치가 녹이 슬면,
목수의 손도 곱아든다
망치 소리가 멈추면 현장이 멈춘다
하늘 위를 빙빙 도는 크레인이 멈추고,
세상도 멈춘다

세상을 멈춘 목수의 망치는, 세상을 바꾼다
세상을 건설하는 것은 목수의 망치 소리다
목수에게 망치는 희망이다

저기 허물처럼 벗어놓은 작업복에는

저기 망치 소리가 묻어 있다
저기 하루의 고단한 노동이 묻어 있다
하루 작업량을 닦달하는 반장의 눈총에
외줄 비계에 매달려 스스로를 다그치는
내 서러운 그림자가 걸려 있다
저기 벗어놓은 작업복에는

저기 한 끼의 밥이 걸려 있다
일이 없어 일을 찾아 헤매던
답답했던 겨울의 찬바람이 걸려 있다
저기 허물처럼 벗어놓은 작업복에는
나만 바라보고 살아가는 식구들의
목마름이 걸려 있다

저기 저 작업복에는
하루 일을 마치고 숙소로 돌아와
유치원에 다니는 아이와 통화하는
젊은 일용이의 그리움이 묻어 있다

아빠, 언제 와, 그 뒷말은

무슨 말인지도 못 알아듣지만

사랑해, 라고 말을 끝내는 행복이 묻어 있다

춘삼월에 눈이 내리고

진눈깨비가 날린다
꽃샘추위다

넣어두었던 겨울 잠바를 꺼내 입고
벌써 몇 달째 묶인 임금에
현장을 못 옮기고 일을 한다

일을 해도 신명이 없다
일을 해도 언제 돈이 나올지 모른다

하늘이 미쳤나 보다
춘삼월에 눈이 내리고
세상이 미쳤나 보다
살아갈수록 팍팍한데
일을 할수록 가난한데

언제쯤 돈이 나올 것 같으냐고
묻는 것도 미안하고 답답한데
눈이 빠지게 기다리던 마누라도
지쳤는지 더는 묻지 않는다

일을 해놓으면 언제 받아도 받지
그 돈이 어디 가겠나,
실낱같은 믿음으로 위안을 삼고
몸을 팔아먹고 사는 신세 달라질 게 뭔가
헛된 희망을 버렸는데

세상이 미쳤나,
하늘이 미쳤나,
매서운 바람은 뼛속까지 시리고
답답하고 고달픈 신세타령도 지겹다
이대로는 안 되겠다
더는 못 참겠다
가슴에 찬 울분은 괜히
허공에 주먹질이나 해대고
힘없는 마누라에게 버럭 소리나 지르고,
사월도 중순이 넘어서는데
눈이 내린다 미친 하늘에서
미쳐가는 세상에 눈이 내린다

거처를 옮긴다

방을 비워줘야 한다
객지 일 와서 몇 개월 세 들어 사는 방에
뭔 정이 붙었을까 싶지만
거처를 옮긴다는 것은 뿌리가 뽑히는 느낌이다
늘 그랬다
심지어 감옥에서도 그랬다
석방 통지서를 받고 짐을 챙기며 몇 번이고
독방을 구석구석 돌아보았다
그리움에 눈물을 삼켰던 것이며
흔들리지 말기를 스스로 맹세하며
마음에 각인을 새기듯 흰 벽에 써 붙여놓았던
글귀들에까지 마음이 갔다

산다는 일이 늘 그렇다
얼마를 살아갈지 모르겠지만
내 삶의 일부가 내 삶의 한순간이
머물렀던 곳이라는 생각에서
거처를 옮기는 짧은 순간에

삶의 뿌리가 뽑히는 느낌이다

오늘은 짐을 정리하고
작업복이며 양발 속옷 빨랫거리를
집으로 보내고 여벌의 작업복을 챙겨
다시 객지로 떠난다
이러다가 영영 객지로만 떠돌지나 않을지
걱정이 된다
먹고사는 일 앞에
가족들을 거둬 먹이는 일 앞에
다른 어떤 선택의 여지가 없다

겨울, 소리 없이 다가온 고양이

왜 그럴까
겨울밤 달빛이 더 투명하게 느껴지는 것은,
날씨가 추울수록 달빛이 더 맑은 것은 왜일까?

가끔 지나던 자동차 소리도
지나는 행인의 발자국 소리도 멈췄다

새벽이 오려나,
잠을 깼지만, 몸을 움직일 수 없다
천막 밑으로 들이치는 바람이, 뼛속까지 시리게 만든다

밀린 노임 다 받아야 오겠다고 큰소리쳤지만,
빈손으로 집에 들어갈 용기가 없다는 것이,
더 정확한 표현이다

지친 내 몸뚱이 하나만 바라보고 사는
가족들 앞에
그 어떤 말도, 위로가 되지 못한다

환한 달빛에 앙상한 겨울나무가
실루엣으로 흔들린다
소리 없이 다가온 고양이가
천막 밖에서 그림자만 드리운다
먹이를 찾아 나선 것일까?
저 고양이도 거둬 먹여야 할 새끼가 있을까?

바람이 차다
길게 뿜어져 나오는 입김에
자꾸 눈앞이 흐려진다

얼마나 더 버틸 수 있을까,
얼마나 더 이 일을 할 수 있을까?

자꾸 처지기만 하는 몸이
하루하루가 다르다

하루살이

하루를 살았습니다
또 하루를 살았습니다
감옥 밖에서도 감옥 안에서도
하루를 견뎌낸 것은
하루를 이겨낸 것입니다

우리는 하루, 하루를 삽니다
살아온 날의 저주스러운 운명을
살아,
우리가 바꿔낼 세상을 향해
또 하루를 살아낸 것입니다

우리는 기다리지 않습니다
하루살이 인생은
생명이 붙어 있는 순간까지
늘 새로운 하루일 뿐입니다

파업을 선언한다, 기계를 멈추었다

1

장난처럼 내뱉는 원청 반장의
한마디에 해고가 결정되는
파리 목숨이었다
우리는

원청이 버리고 간 낡은 작업복,
안전화도 주워 신지 못하는
죽어라고 밑바닥만 기는 노예였다
우리는

눈빛만 마주쳐도
오금이 저린 듯 움츠러드는
지지리도 못난 하청 노동자였다
우리는

공장 문을 들어서는 순간

하청의 사슬에 묶여
등짝 내리꽂히는 채찍에 피멍 드는
캐리어의 노예였다
우리는

물량이 줄어들면 잘리고
혹독한 노동에 견디다 못해
산재라도 나면 곧바로 해고시키는
우리는 저들 앞에
황금알을 낳는 거위처럼
쑥쑥 이윤을 뽑아내는 짐승이었다

2

인간으로 일어선다는 것은
싸늘한 냉대와 모멸감에
노동자로 두 주먹을 움켜쥔다는 것은
먼저

우리가 우리 속에 가두어버린
무기력과 체념을 떨쳐버려야 했다

언제고 떠나버리면 그만이라는
작은 이기심까지
먼저 버려야 했다

직장 폐쇄를 무슨 장난처럼 해대는
저들 자본 앞에서

눈도 깜짝하지 않고 청부 폭력을 사주하는
저들 앞에서
무더기로 잡아넣고 보는
저들 공권력 앞에서

우리가 먼저
원청, 하청의 벽을 허물고
저들 멋대로 갈라놓은

하청업체 울타리를 부수고, 넘어
하나의 노동자로 일어서야 했다

파업의 깃발을 움켜쥐고
우리 스스로가 우리의 희망으로 일어서야 했다

       3

이윤의 목줄을 거머쥐고
자본의 심장에 해방의 깃발을
내리꽂는 순간이었다

한숨과 탄식으로 삭여왔던 오랜 침묵
빼앗긴 노동자의 이름을 되찾는
순간이었다

자기 땅에서 유배당한 자들처럼
초국적 자본의 식민지 노예처럼

노동자의 모든 권리를 박탈당하고
살아왔던 착취의 사슬을
일시에 끊어버린 순간이었다

생산하는 자! 노동자의 이름으로
투쟁하는 자! 역사의 주인으로
파업을 선언했다
기계를 멈추었다

파티마 병원 영안실

파티마 병원 영안실 산발한 늙은 노모는
사람이 들어설 때마다 막혔던 울음이 터지고
계약직 안전 대리는 죄인처럼 웅크리고 앉아
머리를 조아렸다
해결사처럼 본사에서 내려온 총무부장은
회사의 입장에서 유족과 죽음을 흥정할 터,

공사판 일이란 게 그렇듯이 일을 찾아 떠돌고
목수일 몇 년만 해도 친구도 멀어지고
가까운 이웃도 없다 그래서일까,
저녁 아홉 시가 넘어서면서 문상객도 뜸하다
밤을 새워 김 씨 마지막 가는 길, 지켜보자고 모여 앉아
병원 영안실 어린 상주 앞에서
화투패 돌리기도 민망하다

병원 뒤, 평화시장 똥집 골목에
소주잔을 돌린다
내일 아침 화장터까지는 가자고,

김 씨의 죽음을 아쉬워하며

모두들 죄인이 되어 한마디씩 거든다

순간적인 사고라고 하지만 안전시설만 되었어도……

김 씨의 핏자국도 마르지 않았는데

일하라는 원청회사 소장 놈은 인간도 아니라고 입을 모

으고

형사 처벌은 안전 박 대리 선에서 끝낸다고 한다

죽은 놈만 불쌍하다고 비워둔 빈자리 하나,

죽은 김 씨의 잔에 소주를 채운다

나의 이름을 불러다오, 이철복

1

어둡게 하늘이 내려앉고
오전부터 진눈깨비가 날렸다
바람이 불고, 높이 세워진 타워는 멈췄지만
멀리 떠나 온 객지 공사
밥값에 여관비에 몸을 놀릴 수 없어
하는 데까지 해보자고, 철근을 메고 장대를 세웠다

가는 결속선으로 철근이 엮어질 때마다
흩어진 마음들이 묶이고, 흔들리는 마음들이 묶여
철근쟁이 하루해가 저물어간다

겨울철 하루 일당벌이 객지 일을 마다할 수 없어
일을 찾아 떠나왔지만
멀리 떠나올수록 가족 생각은 더욱 간절하고
가족에 대한 그리움보다 돈을 보내줘야 하는데,
얼마간의 생활비라도 보내야 하는데,

걱정이 더 앞섰는지도 모른다

　　2

한쪽으로 기울어진 어깨 위에는
꿈속에서도 철근을 메는 꿈을 꾸었고
허공에 매달려 철근을 엮는 꿈을 꾸었다
굵은 장대를 메다 옆으로 쓰러졌던 이 형은
산재 판정도 받지 못하고 시름시름 앓다가
끝내 스스로 생을 마감했고
연락이 끊긴 장 형은 서울 어디 지하도에서 보았다는
소식이 들렸지만 아무도 확인은 하지 않았다
두려웠기 때문인지도 모른다

일이 없어도 걱정,

일해놓고도 걱정,
근로 계약서도 안전 교육도 없이

원청, 하청 다단계 하도급의 먹이사슬에
마지막 거머리처럼 피를 빨아먹는
하루 오천 원, 만 원씩 떼 가는 로타리패 지원팀까지
후려치고 등골 빼먹는 놈들만 득실거리는 공사판
언제까지 버틸지 모르지만, 몸 하나 밑천 삼아 살아가면서
땀 흘리지 않은 대가를 요구하지도 않았고
일을 두고 요령 부리지도 않았다
하루 정해진 물량 앞에 몸을 사리지도 않았다

3

울지 마라 모진 세상살이,
죽어야 끝나는 지친 노동의 세월
새벽을 깨우는 알람 소리도,
일을 가자고 불러대는 전화 소리도 없는
서럽던 세상살이 미련 없다마는
죽어서도 돌아가지 못하는 지친 육신,
한 번만이라도 내 이름을 불러다오

철근쟁이 이 씨가 아니라 이철복

노동자의 이름을 불러다오

일 시키는 놈은 있고

등골 빼먹는 놈은 있고

세금 떼 가는 놈은 있고

법과 질서를 내세워 잡아 가두는 놈은 있고

철근쟁이 노가다꾼을 보호하는 법은 어디 있는가?

눈발이 날리고 손등이 얼어 터지고

새벽부터 어둠이 질 때까지 일한 돈,

그 돈이 어떤 돈이라고

강원도 객지 일, 몇 푼 벌어

가족들을 먹여 살려야 할 노임을 떼였는데

누구 하나 나서는 놈이 없다

노동청도, 국토해양부도, 경찰도, 국회도

떨어져 죽고

경찰에 맞아 죽고
수십 명이 불에 타 죽고
근로기준법을 지키라고 분신을 해도
밀린 임금 달라고 하다 맞아 죽어도
어느 한 놈 책임지고 나서는 놈이 없다

　　　4

지지리도 가난했기에
배운 것이 없었기에
운명이라 말했고,
어쩔 수 없는 타고난 팔자라고 생각했던
그 모진 세월 앞에 더는 울지 마라

가다 오다 공사판에서 만난 서러운 벗들아
천근만근의 무거운 철근 더미도
서로 받쳐주고, 들머리로 어깨에 메어주고
못난 운명을 타고 넘어

서러운 가슴들을 엮어 일으켜 세우듯
흩어진 마음들을 엮어
한 번만이라도 노동자의 이름으로
세상에 우뚝 서다오

살아 있는 날이 죽음의 세월보다
더 견디기 힘든 노동의 세월을

일자리 걱정 없고,
일한 노임 떼일 걱정 없고,
맞아 죽을 일도
불에 타 죽을 일도 없는 그날까지
철근을 엮듯이
우리들의 서러움을 엮고
우리들의 분노를 엮어서
강철의 조직으로 뼈대를 세워다오

나의 이름을 불러다오 이철복
건설 노동자의 이름을

죽음의 바다

　　— 여수 외국인 보호소 화재 참사를 추모하며

남쪽에서 올라오는 매캐한 연기
살이 타는 냄새
비명과 아우성 죽음의 순간
다급하게 쇠창살을 흔드는
쇳소리가 새벽을 울린다

가난한 조국을 떠나
돈 벌어 오마 하던 그 약속,
눈물로 적셨던 이별의 가슴을 안고
일을 찾아 바다를 건너온 사람들,

인종차별과 멸시를 가난한 운명 탓으로 돌리고
죽음에 대한 공포, 산재의 위협에도
일밖에 몰랐던 노동자

철근을 세우며 새벽이 밝았고
임금을 떼여도 참아야 했던
한국말이 서툴던,

언젠가 한 번 같이 일을 했을, 김 씨가 아니었을까

그 착하고 순한 눈빛이
죽음의 순간 얼마나 두려웠을까

매질과 학대
인간 사냥과 강제 추방으로
꿈속까지 쫓기던 짐승의 울부짖음이
새벽을 울린다

2007년 2월 여수의 바다는 죽음의 바다였다

사람의 도리

한 달에 몇 번씩
문상을 가야 할 때도 있었다
흉사에는 만사를 제쳐두고라도 달려가
살펴야 하는 것이 사람의 도리인 것 같아서
문상 때마다 늘 느끼는 것이지만
죽은 자는 말이 없고
슬픔은 남은 사람의 몫이라서
내가 생각하는 사람의 도리는 상주를 향해 있었다
망자를 행한 재배보다,
상주를 향한 절에 정성을 더한다
상주의 종교적인 성향에 따라
절을 할 것인지
무릎을 꿇고 기도할 것인지 판단한다
때로는
어린 상주와 젊은 미망인은 영정을 앞세워
붉은 머리띠 묶고 외쳐야 할 때도 있다
"죽지 않고 일하고 싶다"
"산재 살인 처벌하라!"

짧은 햇살이 스치고

문이 열리고 환한 햇살이 쏟아졌다

왁자지껄 큰놈이 말이 끝나기도 전에

작은놈이 달려들어, 아빠 어쩌고 저쩌고

오분간 짧은 면회를 위해

준비해 온 이야기가 얼마나 많으랴

한꺼번에 쏟아지는 햇살처럼

눈이 부시다

짧은 햇살이 스치고

아이들이 돌아간 뒤에도

따스한 여운이 남는다

푸른 생명

겨울과 여름밖에 없다는
감옥에서, 영영 오지 않을 것 같은
봄, 입춘이다
입춘이 지나가도 푸른빛 하나 없는
쇳소리와 두꺼운 콘크리트 벽
죽음의 돌무덤 같은 독방은
여전히 긴 침묵의 겨울이다
봄을 불러와야겠어,
높은 교도소의 담장이나
날카로운 금속성의 마찰음
늙은 수인의 절망 같은 기침 소리도
막아설 수 없는
봄을 불러와야겠어,
남쪽 바다 해안선을 따라
굽이굽이 다랑논 겨울과 맞서,
거센 바닷바람 맞으며
새파랗게 싹을 틔워내던
마늘밭을 생각했어,

허기진 어머니의 눈물을,

부식으로 배급되는 생마늘 몇 쪽을

컵라면 빈 용기에 싹을 틔워야겠어

돌무덤의 콘크리트 벽에 갇혀

체념하고 웅크린 가슴에

싹을 틔우는 거야, 푸른 생명이지

살아 있는 것들은

살아 있는 것들끼리 부대끼며

푸른 생명을 호흡하는 거야

뜨거운 가슴으로 생명을 품어내는 거야

기어이 오랜 침묵을 깨뜨리고

겨울을 이겨내는 것이지

아내가 아파한다

회의다, 교육이다, 농성장을 돌아다니다
며칠 만에 돌아와 자료를 정리하는데,
몸뚱어리만 일찍 들어오면 뭐해?
참 외로워했다, 아내는
그때는 몰랐는데 지금 생각하니,
참 미안하다
그래서 그 벌을 받는 모양이다
참 쓸쓸하다, 지금
벌은 내가 받는데 아내가 아파한다

새벽이 오는데

어둠은 침묵으로 온다
하얀 밤
열쇠 소리 기침 소리까지
잦아든 고요

불규칙한 숨소리에
내가 놀라고
창틀을 흔드는 바람 소리에
몸이 움츠러든다

잊자, 잊자 할수록
더욱 선명히 생각나고
잊혀졌던 그리움마저도
어둠이 깊을수록 더욱 사무친다

가면 아니 올 사람처럼
눈물은 왜 앞을 막아서는가
저렇게 새벽이 오는데

봄비

모든 감각은 소리로 느낀다
소리는 촉수가 되어
빛과 어둠의 깊이를 느끼고
창살 밖, 촉촉이 젖는 빗소리에
봄이 움트는 소리를 듣는다

처연히 비를 맞고 서 있는
나무의 마음을
계절의 작은 변화에도
그리움이 한발 앞서 오는 것은
누군가를 향한 간절함 때문이리라

봄비 내리고
빗소리에 젖는 가슴에는
봄이 움트고

설날 아침
― 편지

가난한 사람에게
설날 아침은
가난이 더욱 사무칩니다

아침이면
날아와 울고 가던 까치도
웬일인지 오늘은 오지 않고
감나무 마른 가지가 더욱 앙상합니다

떡국을 끓여놓고
둘러앉은 밥상에 눈물 떨구며,
기다리는 마음이 있어 목이 메입니다

감옥에 있는
자식이 생각나고
남편을 그리워하고
아비를 기다리는 마음이겠지요

제3부

하방

나는 나의 사랑이 위선이 아니기를 바라면서
길을 떠나야 한다 다시는 돌아오지 못한다 해도
다시 한 번 깃발이 되어 서지 못한다 해도
나를 버리고, 현장에 뿌리를 내리는 일과
투쟁하는 것이 서로 다른 것이 아님을,
머리만 아는 것이 아니라,
주둥아리로 말만 하는 것이 아니라,
몸이 느껴질 때까지
가장 낮은 곳에서 일하면서 느껴야 할 것이다
현장에서 뿌리를 내리지 못하면
그 모든 투쟁과 크고 작은 성과들까지
부질없는 것이 되고 만다
가자
가서는 다시 돌아오지 못한다고 해도
이름도 없이 빛도 없이 썩어진다 해도
현장에서 내리는 뿌리는
새로운 투쟁을 만들어가리라.

무릎을 꿇는다

내가 상처 입고
온 밤을 고통스럽게 신음하기 전에
나는 몰랐다 내가 어느 누군가에게 준
상처에 대해 외면하고 있다는 것을

내가 사랑에 목말라하고
그리움에 애를 태우기 전에 나는 몰랐다
이 밤도 잠들지 못하는 어느 누군가의
가슴 한켠에 남아 그를 외롭게 한다는 것을

눈물을 떨구며 무릎을 꿇고
용서를 빌 일이다
아파하고
그리워하고
사랑하고 또,
외로워 밤새 뒤척이던 모든 일들 앞에
나는 무릎을 꿇는다
비겁한 사랑을,

나를 죽이지 못한 미지근한 투쟁을,

남겨둔 미련을,

아! 무릎을 꿇는다

귀휴(歸休)

— 삼성 일반노조 김성환 동지에게

1

마지막 가시는 길
배웅도 못 하고
한 많은 세상 눈 감으실 때
곁에서 지켜드리지도 못하고
아! 어머니
밤마다 꿈속을 걷는데
흰옷의 상복을 입고
꽃상여 뒤를 따르는데
묶인 발 끌며 따라나서는데
무거운 철문이 또 앞을 가로막습니다
굳게 닫힌 철문, 묶인 손발
영혼마저 차가운 감옥에 구속시킵니다
머리를 짓이기며
곡기를 끊습니다
마지막 순간 자식을 애타게 찾았을
부모님 넋이라도 달래려 했는데

자식 도리도 못한 천하 불효

향불 피워놓고 술 한 잔 올리려 했는데

그 천륜의 길목마저 가로막습니다

귀휴 신청을 거부합니다

국제사면위원회가 선정한 양심수 김성환

삼성 재벌에 맞서 업무방해로 구속 3년째,

비가 오면 빗길을

눈 오면 눈 덮인 골목길을

새벽마다 우유 배달로 아이 셋 키워가며

모자 가정 기초 생활 수급을 위해 이혼 서류에 도장 찍고

옥바라지, 아이들 뒷바라지에 3년 세월,

그 피눈물의 세월을 어찌한단 말인가

    2

권력은 기업에서 나온다고 재벌 비위나 맞추더니

수천억 사기 친 재벌들은 특별 사면시키고
재벌 횡포에 맞서다 구속된
국제 양심수의 귀휴 신청
그 천륜마저 가로막는 재벌 공화국
노동자에게 자유가 있는가
노동자를 보호할 인권은 있는가
양심은 어디에서 신음하는가
맞아 죽을 자유와
굶어 죽을 자유만 있는가

두 달에 한 번씩
목숨을 걸어야 하는 단식 투쟁은
병사에 창문을 달아달라는 요구
운동 시간을 연장하라는 요구
그 기본적인 요구를 위해 목숨을 걸어야 했다
이 나라에 인권이 있기는 한가

봄은 노란 민들레로 피었고

봄을 부르지 않았지만
어느새 봄은
노란 민들레로 피었습니다
사방이 높은 담장으로 둘러쳐졌고
삭막하기만 했던 뒤뜰에
그저 꽃 피었습니다

누가 보아주지 않아도
기다림의 간절함이 없어도
봄은 노란 민들레로 피었고
나는 그 모습이 어여뻐 눈물이 납니다
겨울을 이겨냈다는 생각 때문이지요

길을 가다가
아무렇게나 피어 있더라도
민들레 노란 꽃을 보거든
감옥에서도 겨울을 이겨낸 사람들,
민들레처럼 피었거니
생각해주세요

숲은 생명의 모성이다

해가 떨어지고
인간의 나약한 의지는 어둠에 쓰러지고
내 나약한 육신도 어둠에 묻히고 싶었다

유서 따위야 무엇이 중요하랴
살아 있어도 죽음보다 고통스러운 나날
젊은 날, 그 한때의 꿈도 접고
젊은 날, 그 불타는 사랑도 사그라지고
우울한 자화상은 한 시절을 살아낸
삶의 흔적, 상처만 남겼다

절망은 희망의 또 다른 표현인가
꺾인 가지 옆에 새순이 돋고
상처 속에 새살이 차오를 때까지
상처는 희망을 키워내는 모성(母性)인지도 모른다

상처 입은 새들은 숲으로 들어간다
낳아주고 키워낸 숲에서 상처를 치유한다

숲은 생명의 모성이다
새들에게 마지막 날개를 접는 무덤이고
푸른 하늘을 날아오르는 힘찬 날갯짓이다

거친 현장 억센 팔뚝질로 숲을 이루는 곳
그곳에 꺾인 날개를 부려놓아야겠다
일하고
싸우고
사랑하다
죽어가는 곳

숲은 생명의 모성이다

나는 돌아가야 한다

투쟁에서 패배한 지도부에 대한 비판보다
노동과 생산에서 멀어져버린, 관성에 젖어버린 몸이며
노동과 생산의 직접적인 불꽃이 이는 현장에서 멀어진
발길을 탓하고 질책한다

진실로 내가 나를 질책하는 것은
노동으로부터 멀어진 내 발길이다
노동이야말로 그것도 육체적인 노동이야말로
가장 확실하게 관성과 타성에 젖어버린 나를 씻어낸다

평가와 비판이 동지의 발목을 잡고
벽돌 한 장, 톱질 한 번 해보지 않은 평론가의 이야기는
귀담아들을 것도 없다 하지만,
행정 관료처럼 마비된 그들 앞에 부끄러운 것이 아니라
20년, 30년 노동 속에 청춘을 다 바치고
투쟁으로 일어난 동지들 앞에 진실로 부끄럽고 두려울 뿐
이다
계급의식은 낡은 책 속에 있는 것이 아니라,

투쟁하는 노동자들의 함성 속에 있었고
야만적인 경찰의 살인적인 진압 앞에서도
두려워하지 않는 투쟁 속에 있었다

나는 돌아가야 한다
나를 키워낸 내 아버지의 노동 그 현장으로,
나는 돌아가야 한다
나를 키워낸 내 어머니의 눈물 속으로,
돌아가 새벽부터 밤늦게까지 일하며
나는 나의 노동과 동료들의 노동이 어우러진 현장에서
잃어버린 소중한 우리의 꿈을 되찾고,
빼앗긴 자들의 노래를 낮은 소리로 함께 부르리라

보는 것만으로도 슬픔이 되는데

한마디도 못하고
면회장에서 울기만 하다가 돌아간 사람
보는 것만으로도 슬픔이 되는데
같이 손잡고 돌아가야 할 길
눈물 뿌리며 돌아서는 포항 가는 길

밤이 깊을수록
더욱 눈부신 하얀 밤
열쇠 소리
철문 여닫는 소리
순찰 도는 교도관의 구둣발 소리가
무겁게 복도를 울리고
가슴을 내리찍는 소리가 된다

아!
미치게 그립고 사랑하는 사람아
당신에게만큼은 내가 죄인이다
이 몹쓸 세상에

노동자로 태어난 것이
몸부림치고 발버둥친 것이
인간으로 일어서고 싶었던
그 징그러운 세월이
그것이 죄인이다
당신 앞에,

보는 것만으로도 슬픔이 되는 사람아
보는 것만으로도 아픔이 되는 사람아
이제 그 먼 길
다시는 오지 마라
눈물 뿌리며 돌아서
외롭게 가야 할 길
이제는 오지 마라
사랑하는 사람아

감옥 문이 열리고
덩실 어깨춤 절로 나는

노동자도 한번 희망을 가져볼

그날이 오면

당신을 업고서라도

돌아갈 그날까지는

기다림은 또다시 투쟁의 시작이다

사랑하는 사람아!

키 작은 동백나무
― 한 혁명시인을 그리워하며

혁명가 체 게바라의 사진이
가장 반혁명적인 자본의 상품을
선전하는 포스터가 되었듯이

　　　두렵다
　　　이 그리움마저
　　　욕되게 할까 두렵다

밤새 내리는 빗소리에 뒤척이고
키 작은 동백나무는 비에 젖는다
이 떨리는 그리움만큼
밤이 새도록 비를 맞으며 걷고 싶은데
산을 넘고, 들을 건너 밤새도록 걷다가
여명이 밝아오면 그곳에 털썩 주저앉고 싶은데,

　　　두렵다
　　　이 간절함마저 욕될까

시가 지나간다

바람이 스치듯 지나간다
잊혀진 줄 알았던 시가
교복을 입은 어린 여학생이 밝혀 든 촛불을 보며
가슴이 뭉클하며 부끄러워졌고,
아직 채 피우지도 못한 꽃몽오리라고 몇 자 적어보다가
노동에 지친 육체는 잠을 견디지 못했고
이윽고 새벽에는 생활에 쫓겨 일터로 나간다
또 며칠이 지나고
끌려가는 촛불들을 보면서
가슴 저 밑바닥에서 주체할 수 없는 분노에
몇 자 적어놓고는 끝도 맺지 못한다
소주만 몇 잔 마셨다

바람이 스치듯 시가 지나간다
궁색한 내 생활 속에서
다시는 쓰지 않으리라던 시가 지나가고
다시는 읽지 않으리라던 시가 지나간다
읽지 않으리라, 쓰지 않으리라던 내 마음의 외침은

못난 아집이었고, 내가 쓰지 않아도, 내가 읽지 않아도

바람이 불고, 비가 오고, 눈이 내리지 않아도

사랑하고, 아파하고, 외로워하지 않아도

시는 그렇게 늘 가난한 사람들이 사는 마을에

그리워하는 그 무엇에

지독하게 좌절하고 난 뒤에

바람이 휑하게 불고 가슴이 시려

눈물을 흘린다 나도 모르게

그렇게, 시는 지나간다

살아 있는 동안,

살아 있는 날들을 부끄러워하며

부끄러워서, 다시 사는 날들을 위해

시는 지나간다 바람처럼 주변을 맴돌며……

마리아

작은 키, 어깨 밑으로 내려진 긴 머리
필리핀 어느 작은 섬에서 왔다는
마리아

묵주 팔찌, 나무 십자가 목걸이
시커먼 짠지의 거친 식사를 앞에 두고도
성호를 긋고 감사 기도 하는 그를
누구나 마리아라 불렀다

밤새 천지를 진동하는 연사기 소음에 갇혀
맥이 탁 풀린 듯 한숨을 내쉬며
공장 문을 나서는 일요일 아침

공단 매점 공중전화 부스에 매달려
소리 내어 흐느끼다
마지막 인사인 듯 억지웃음으로
수화기를 내려놓는 마리아

방직 공장으로 돈 벌러 떠났던

어린 내 누님의 서러운
목소리를 듣는다

비정규직 김 씨

— 2001년 한국통신 비정규직 투쟁 200일 연대의 밤

이 땅에 노동자로 태어나
단 한 번
자랑스러웠던 때가 있다면
이천일년삼월이십구일이었다

학교에서 부모님의 직업을 알아 오라고 했을 때
자랑스럽게 한국통신 직원이라고 했다지
미안하구나
그러나
직장에서 네 아버지의 이름은
인부 김 씨였다
똑같이 출근하고 똑같이 일을 해도
반쪽짜리 월급봉투에
일요일 공휴일도 없이 미친 듯이 일에
매달려야 했다

어이 김 씨,
개처럼 불려도 대꾸 한마디 없이

시키는 대로 할 수밖에 없었던 것은

언제 모가지가 잘려나갈지 모르는

비정규직 임시직 노동자였기 때문이었다

지난겨울

분당 본사 시멘트 바닥 위에서

비닐 한 장으로 노숙하면서

뼛속까지 파고드는 추위보다

견딜 수 없었던 것은

싸늘한 냉대와 무관심이었다

비정규직

자본의 야만적 경쟁 논리에

빼앗기고 쫓겨나고 매 맞는

네 아버지의 이름이었다

아들아! 내 딸들아!

이 순간

우리는 다시 한 번 짐승의 울음으로
끌려 내려갈지도 모른다

그러나
지난날
굴욕과 모멸감에 온몸 부르르 떨며
땅속을 헤매고, 전봇대를 기어 올라야 하는
길들여진 노예, 거역할 수 없는 운명을
이제
죽음으로 거부하려 한다

이천일년삼월이십구일
이제
날이 밝아 오는구나
바람 한 점 없는 삼월 하늘
참 탐스럽게 눈이 내린다

"아빠 뭐해"
"아빠 언제 와"

목이 메어 아무 말 못 하고 끊어버린

마지막 통화였는데

지금

네 목소리가 들리는구나

끝도 없이 새까맣게 밀려오는 전투경찰

특수 훈련된 진압군에 의해

저들의 포로가 되어

저들의 법정에 서게 될지도 모른다

돌아가마

꼭 돌아가마

자랑스런 노동자의 이름으로

네 아버지의 이름으로

돌아가마!

아들아! 내 딸들아!

제4부

꽃처럼

이젠 열망하지 않는다
밤새 마시고
토해버리는 절망도 하지 않겠다

혁명의 한 시대가 저물고
절망을 외면하고
외면을 아파하지 않는
오늘,

차갑게 바라볼 것이다
쌓인 눈 속에서
새봄을 움 틔우는
꽃처럼

그대 행복한가?

야만의 한 시대는 가고
독재자의 총칼에 쓰러진 젊은 넋들을 위한 노래는
어느새 추억의 팝송처럼 아련한 기억이 되고
밤마다 술로 뜬눈을 지새우던 젊은 벗들도
어느새 찌든 삶의 한 자락을 움켜쥐고
잊혀져가는데
그대는 행복한가?

그대들이 절망했던 자유와
민주주의에 대한 그리움은 어디에 있는가?
뒷골목의 술주정도
밤새 누군가의 이름을 부르며
아픈 기억들만 남아 있는 지금
그대 행복한가?

한 시대의 절망이 지나가면서
한 시대의 희망도 사라져갔는가?

더 이상 독재자의 총칼과 군화발이

민중을 억압하지 못한다.

아니 총칼보다 세련된

더욱 정교한

피 한 방울 흘리지 않는

통제와 감시는 내 안에서 이루어지고

허무와 체념 속에

끊임없이 고립되고 개별화되어가는데

그대는 행복한가?

혁명의 언어

사랑한다는 말보다, 더
혁명적인 언어를 들어본 적이 없다

붉은 머리띠를 묶고 파업 대오 속에 있던
한 사내를 사랑한 여인은
여전히 높은 굴뚝 위에 그의 남자를 바라보고 있다
5년간의 폐업투쟁과
다시 1년 8개월간의 폐업 투쟁,

사내는 언제나
자신보다는 타인을 먼저 생각했다
아낌없이 자신의 모든 것을 내놓고
실천해나가면서 주저함이 없었다
청춘을 다 바친 공장이 팔려나간다는 소식에
한 사람 두 사람 공장을 떠나는
동료들의 소식을 전하면서 굵은 눈물을 흘리던
그 사내를 지금도 사랑한다고 고백한다

사랑한다는 말은

모든 혁명적 언어를 함축하고 있다

그 격정적인 인간 고백

한 사내는 굴뚝 위에 있고

그 사내를 사랑하는 여인의 인간 고백

사랑한다는 말보다

더 혁명적인 언어를 들어본 적이 없다

가창댐

비가 내렸으면 좋겠습니다.
나뭇잎 위에 떨어지는 빗소리를 듣고
산허리까지 내려앉은
짙은 안개가 피어올랐으면 좋겠습니다.

그렇게 하염없이 비를 맞고 있으면
이 답답한 가슴이 조금은 뚫릴는지요?
목 놓아 울어도, 울어도
빗소리에 묻혀
아무 소리도 들리지 않았으면 좋겠습니다.

그렇게 한참을 울고 나면
다시 살아볼 용기가 생길는지요.

이제까지 살아온 것이 용기만은 아니었습니다.
죽지 못해서 살았던 것은
죽을 용기가 없어서도 아니고,
사람이 살아갈 만한 세상이기 때문도 아니었습니다.

죽어도 죽을 수 없는 세상
살아도 산 것 같지 않은 세상에
그래도 미련이 남았던 것은
역사 속에서 당신의 이름을 기억하는 그날
아버지 당신의 이름이 욕되지 않은 그날을
기다리고 있었기 때문입니다.

위패도 없이 제사를 모시고
영정 사진도 없이 향을 피우면서
그래도 놓을 수 없었던 것은
아버지 당신이 꿈꾸셨던 새로운 세상을
보고 싶었기 때문입니다.

운무 걷히고, 선명하게 다가오는
앞산의 소나무처럼 맑은 웃음 한번 보고 싶었기 때문입니
다.

"이제는 되었다. 일본 놈들이 물러갔으니까"

"새로운 세상이 열리는 거여"

"땅은 땅을 일구는 농민의 것이고"

"공장은 일하는 사람들 것이여"

"일본 놈 앞잽이들 몰아내고 새 세상을 여는 거야"

그 우렁우렁한 목소리가 듣고 싶었기 때문입니다.

역사의 패배자가 아니라

죽어도 죽을 수 없는 역사의 산 자로

아버지 당신을 보고 싶었기 때문입니다.

세차게 비가 내렸으면 좋겠습니다.

머리를 풀고 하얀 소복을 입고

쓰러져 울고 또 울고 싶습니다.

편두선 약으로 피우시던 엄마의 담배

하얀 소복 입고, 가창골, 가창댐에서 하염없이 눈물짓고

잊자고 잊어버리자고, 이제는 멀리 떠난 사람이라고,

가슴속에 삭이고 또 삭였지만

가슴에 묻고 또 묻었지만

해마다 된장 단지, 고추장 단지 따로

아버지 것이라 담아놓으시고,

훌훌 떠나보내신다고 그렇게 담배를 피우시고

또, 아랫목 이불 밑에는 아버지 밥 한 공기 담아

묻어놓으시고, 꺼이꺼이 자식 몰래 속울음 우시네요

억척스럽게 사시던 엄마, 그 등만 봐도

산처럼 바위처럼 무거웠던 엄마,

등 돌려 꺼이꺼이 속울음 우시던 엄마,

자식들 볼까 봐, 몰래 우시던 엄마,

편두선이 아파 담배를 피우신다던 엄마,

죽었는지 살았는지도 모를 아버지를 기다리며

영희, 진이, 오직 자식 남매 살려야 한다고,

모진 세월 살아가는데, 잊혀질 만하면 불러내는

경찰 조사에 산발한 머리로 다 해진 옷 골라 입고

미친 세상, 미친년 취급하는 경찰 조사에 맨 정신으로는

못 가겠다시던 엄마

경찰 조사를 마치고, 불로동 들길을 걸어

공산동 산언덕을 넘어 울며 울며 오시던 엄마

엄마가 피우시던 담배,

편두선이 붓고 아파서 약으로 피우신다던 담배 연기

엄마가 아파하던 편두선이, 엄마 딸 영희도

엄마의 아픈 세월만큼 그렇게 아파옵니다

해마다 시월은 다시 오고,

불로동에서 미대동으로 넘어오시던 그 길이

곱게 단풍이 들어도 가슴에 붉게 붉게 물든

눈물 세월은 해마다 붉어집니다

학살의 흔적

깜깜하게 폐쇄되었던 광산에서
총소리가 들린다
신음 소리가 들린다
가녀리게 누군가의 이름을 부르며
숨이 끊어져가는 소리가 들린다
폐광에서 흘러내리는 물소리에
노랫소리, 만세 소리가 들린다

역사는 지나간 이야기가 아니라,
현재의 이야기다
흔적도 없이 지워져버린
학살의 현장을 찾는 것은
죽은 이의 이름을 부르는 것이 아니라
그 속에서 나의 이름을 부른다

총탄의 흔적에서 내 심장을 관통하는 통증으로
오늘의 역사를 찾는다
내 심장에서 피를 뿜으며 죽어가면서도

막혀버린 역사의 물줄기

그 답답한 가슴에 심장을 관통하는 통증을 느끼며

내 심장의 피를 뽑아서라도 흐르게 하라

인민 항쟁가를 부르며 끌려가는 젊은 넋들의 노래

"원수와 더불어 싸워서 죽은 우리의 죽음을 슬퍼 말아라"

"깃발을 덮어다오 붉은 깃발을 그 밑에 전사를 맹세한 깃

발"

전사들이 불렀던 노래를 따라 부르고

전사들이 죽어가는 순간까지 보았던 세상

차별 없는 새로운 세상

빼앗는 자도, 빼앗기는 자도 없는 새로운 세상

칠월의 햇살은 뜨겁고

길을 걷는다

포승에 묶여 학살지로 끌려가는 내 아버지

그 뒤를 따라 걷는다

그리움마저 두려웠다

누가 엿듣는가
두려웠다

누가 찾아올까
두려웠다

그의 모든 흔적을 지우고,
죽어서는
한세상 손 놓지 말고,

이 세상 사람이 아닌
그를 따라 생의 미련을
놓고 싶었던 사람

어떻게 죽었는지
어디서 죽었는지
꿈에라도 한번 보고 싶었던 사람,

찾아올까 두려웠다

이산가족 상봉 장면을 보면서
혹 그가 살아서 돌아올까 봐,
두려웠다

빨갱이의 아들,
빨갱이의 마누라,

자식 마누라 다 팽개치고 세상을 바꾼다고
어느 골짜기에서 총 맞아 죽었는지
칼 맞아 죽었는지
원망과 증오스러운 한평생이었어
아!
한 번만이라도 불러보고 싶었고
한 번만이라도 이야기하고 싶었던
아버지!

그 그리움마저 두려웠다

광덕사 숲길

가마니에 뼈들을 수습하여
광덕사 숲길에 묻었다지요

포크레인 장비가 넘어지고,
가창댐 축조 공사에서 돌들이 무너져 내려
몇 번의 고사를 지내도
파내고 또 파내도 뼈들이 나오고
일하던 인부들이 다쳐

가마니에 뼈들을 수습하여
광덕사 숲길에 묻었다지요

아무도 찾지 않는 산길에서
소복을 입은 여인은 하염없이 울고
울다 지쳐 돌아가곤 했다는데
그런 날이면
산과 숲은 어김없이 스산한 바람이 불고
바람 소리가 통곡 소리로 들렸다지요

114

나무도 피칠갑이 되어

붉은 노을을 더욱 붉게 했다지요

순이 삼촌

순이 할머니는 삼촌에 대한 이야기를
한 적이 없었습니다

큰아버지와 작은아버지 사이에
나이 터울이 너무 많이 나서 물으면
그저 어릴 때 병으로 죽었다고만 했습니다

아무도 순이 삼촌에 관해

말하는 사람이 없었습니다
공무원이 될 수 없고,
외국 유학을 갈 수도 없고,
방위산업체에 취직할 수 없다고 했을 때도
순이 삼촌에 관해 이야기하는 사람이 없었습니다

신원 조회 붉은 줄이 무엇을 의미하는지도
아무리 공부를 잘해도
돈을 잘 벌어도

그 심장에 붉은 피가 흐르는
누구에게나 붉은 피가 흐르는 사람

저렇게 잘생기고 멋진 사람이었다
마을에서도 군수라도 할 사람이라고
그렇게 똑똑한 사람이었는데
일본 놈 두엇은 때려잡았다고
아무도 말해주는 사람이 없었습니다

순이 할머님이 돌아가시기 전,
똑똑한 삼촌이 보고 싶다고 했습니다
삼촌에 대한 모든 기억이 불태워지고
순이 삼촌은 여전히 빨갱이의 낙인으로

저 깜깜한 동굴에서 나오지 못하고 있습니다
동네 잘생긴 큰 오빠 순이 삼촌 얼굴입니다

진달래가 좋아서

진달래가 좋아서……
피보다 붉은 진달래가 좋아서 찾아든,
화악산 평밭마을

봄비가 내립니다
새벽부터 젖어드는 봄비에
진달래는 더 붉고,
비에 젖는 진달래의 눈물은
9년의 저항과 항쟁으로
선홍빛 눈물로 타고 흐릅니다

진달래가 좋아서 찾아든
밀양시 부북면 대항리 평밭마을
잘려나간 소나무 밑둥지에도
댕강댕강 잘려나간 참나무 옆에서도
3월의 진달래는 저리도 붉은데,

한전 놈이 엔진 톱을 들이밀 때,
소나무를 껴안고, 내 다리를 잘라내고 내 팔을 잘라내라고

온몸을 내맡기고,

경찰 놈이 개떼처럼 덤벼들 때,

옷을 벗어 던지며 차라리 나를 죽이라고

그렇게 꽃이 피고 또 꽃이 지면서,

1년이 지나고 2년이 지나고

삼백예순다섯 날

1년을 하루같이 9년의 세월이 어제인 듯이

항쟁과 저항의 세월은,

평화의 땅을 지키고 싶었던 세월이었습니다

착한 사람들의 선한 눈빛을 닮은 별빛,

화악산 평밭마을의 별빛을 지키고 싶었기 때문입니다

평밭마을의 하늘을 지키고 싶었기 때문입니다

진달래가 좋아서

진달래를 찾아서 평화의 땅에

그냥 들의 풀인 듯

산의 나무인 듯 그렇게 살고 싶습니다

밀양역

재판을 마치고,
밀양 할매들과 인사도 제대로 못 나누고
기차 시간에 쫓긴 딸을 밀양역까지 태워준다
저녁이라도 먹이고,
보내고 싶은 것이 어미의 마음일 텐데,

벌금이 나오면 노역을 살겠다고 벼르면서,
서둘러 역으로 사라지는 딸의 뒷모습이
허전하다
팔십 노구를 이끌고 법정에서
지켜보는 사라 할매의 눈빛이 촉촉하다
끝난 것이 아니다

전선이 확대된다
밀양 항쟁의 전선이 확대되고 있다
판사, 검사에게 양심도 없다고
사람이 죽었는데

사람이 두 사람 죽었는데

이 나라의 법정은 인간의 양심도 없다고 말하는

최후 진술을 듣고 앉아 있는

밀양 할매들의 싸움, 끝이 아니라

확대되어간다

노동시의 계승

맹문재

1.

조선남은 한국 시문학사에서 자본이 지배하는 21세기의 상황을 육체노동자의 시선으로 인식하고 반영한 시인으로 평가될 것이다. 시인은 완전에 가까운 결단을 내리고 "불쌍한 내 형제 곁으로, 내 마음의 고향으로, 내 이상의 전부인 평화시장의 어린 동심 곁으로"[1] 돌아간 전태일의 사상을 거울로 삼고 노동자가 인간답게 살아갈 수 있는 세계를 추구하고 있다. 그리하여 시인은 일터로 돌아가 망치를 잡는 것은 물론 노동자를 탄압하고 소외시키는 자본의 세력에 맞서고 있다. 결국 조선남 시인은 "노동 현실이나 노동 문제를 극복하려는 의지를 제재로 삼아 형상화한"[2] 1980년대의 노동시를 그 나름대로 계승하고 있는 것이다.

---

1 조영래, 『전태일 평전』, 돌베개, 1991, 229쪽.

2 맹문재, 『한국 민중시 문학사』, 박이정, 2001, 15쪽.

어느덧 자본이 한국 사회를 지배하는 상황이 되었다. 사람들은 값싸면서도 질 좋은 자본을 소비하는 것은 물론 더 많은 이익을 획득할 수 있는 자본을 생산하느라고 바쁘다. 사회 곳곳이 자본을 전달하고 자본을 이용하고 자본을 판매하고 자본을 투자하는 사람들로 붐빈다. 시장이나 거리나 공장뿐만 아니라 아파트 단지에도 자본이 넘친다. 종교 행사장이나 예식장이나 문화유적지나 정치인 연설에서도 자본은 대우를 받는다. 자본의 위력은 점점 더 커져 사람들은 자본이 제시하는 이익의 가치를 거절할 수 없다. 자본이 제시하는 자유의 빛은 이루 말할 수 없이 밝고, 자본이 제시하는 이익은 비교할 수 없도록 달다. 따라서 사람들은 자본이 요구하는 일상을 선택하고 자본이 요구하는 예의를 지키고 자본이 요구하는 방식을 실행한다. 자본이 제시하는 전망을 갖고 자본이 제시하는 방향을 추구하고 자본이 제시하는 전략을 구사한다. 사람들에게 자본은 삶의 좌표이고 삶의 원동력이고 삶의 이데올로기이다.

그렇지만 자본은 빛과 그림자를 동시에 가지고 있다. 자본을 가로막던 국경이 사라지고 지역 경제는 세계 경제의 단위에 통합되고 있기에 자본의 움직임은 공격적이고 빠르다. 그리하여 자본의 선택을 받은 사람은 이익이 붇고 이자가 늘고 판매량이 증대하지만 선택받지 못한 사람은 그림자에 갇히고 만다. 자본의 이익을 창출하지 못한다는 이유로 구조 조정이나 해고나 실업의 대상이 되는 것이다. 그리하여 직장을 잃거나 사업장의 부도를 겪을 뿐만 아니라 가족이나 친구를 잃고 건강을 잃고 심지어 자신의 생명조차 잃는다. 실제로 "노동시장 유연화로 인해 비정규직 노동자가 급증했고 노동자들 간의 임금 격차가 더욱 심화되었으며 정리해고제 도입과 함께 빈곤율은 거의 3배로 높아졌다. 위기 이후 소득 분배는 크게 악화되어, 도시 근로자 가구 상위층 20%의 소득과 하위층 20% 소득 간의 격차는 1997년 약 4.5배에서 위기 직후 급등하여 2004년 약 5.4배에 이르며, 자영업자와 무직 가구를 모두 포함하면 2004년 이 수치는 7.35배에 이른다. 이미 2000년 자료에 기초해 계산해보면 소득 상위 10% 계층과 하위 10% 계층 사이의 격차가 OECD 국가들 중 미국이나 터키보다도 높아서 꼴찌인 멕시코 다음으로 높게 나타났다. 도시 근로자 가구의 지니계수도 같은 기간 1997년 0.283에서 2004년 0.31로 높아졌다. 특히 다른 OECD 국가들에 비하면 세금과 사회보장제도 등 국가에 의한 소득 재분배 역할이 거의 미미한 상황이다. 금융자산, 부동산과 같은 부의 분배는 누구나 인정하듯 소득보다 훨씬 더 심각한 상황이며 부동산 버블과 함께 부의 격차는 더욱 심각해져 가"[3]고 있는 것이다.

따라서 자본에 대한 새로운 인식과 대응 전략이 필요하다. 자본이 시장에 들어올수록 경제 성장이 이루어지고 빈곤이 해결될 것이라고 많은 관료들이 전망하지만 실제는 그렇지 않다. 자본이 국제 무역을 증가시키고 투자를 촉진하고 경제 성장을 이끌

---

3 이강국, 『다보스, 포르투 알레그레 그리고 서울』, 후마니타스, 2005, 361~362쪽.

어 사람들의 삶이 풍요로워질 것이라고 많은 경제학자들이 제시하지만 현실은 그렇지 않다. 자본이 시장에 들어와도 경제 성장은 둔화되고, 선진국과 후진국 간의 빈부 차이는 벌어지고, 금융시장은 불안하고, 노동시장은 침체되고, 가계 형편은 위태롭다. 그리하여 많은 사람들이 불만을 제기하고 분노감을 표출하고 불안감을 가지고 있다. 자본이 풍부한데도 소득 분배가 제대로 이루어지지 않아 빈곤 문제며 노동 문제며 복지 문제가 여전히 해결되지 않고 있다. 노동자 계급은, 특히 비정규직 노동자 같은 사회적 약자들은 더 이상 희망을 갖지도 힘을 내지도 못한다. 선진국과 후진국의 빈부 차가 심화된 만큼이나 사용자와 노동자의 빈부 차가 견고하게 고착화되어 있다. 수십만 명의 노동자들이 거리에 나서서 반대를 외쳐도 거대한 자본주의 체계는 흔들리지 않는다. 그리하여 자본을 괴물로 비판하면서도 자본의 눈치를 보고 자본이 내미는 손을 뿌리치지 못하는 것이다.

조선남 시인은 노동자의 존재 가치를 주체적으로 추구하며 자본에 대항하고 있다. 흔히 자본의 가치가 물질이라면 시의 가치는 정신이라고 비유하지만, 시인의 노동시는 그 이상의 가치를 지향한다. 자본이 인간 사회의 계급과 지배와 탄압을 용인한다면, 그의 노동시는 그것에 대항하는 것이다. 특히 비정규직 노동자를 지배하는 계급이나 비정규직 노동자를 판매하는 상업적 전문가는 물론 비정규직 노동자를 억압하는 제도며 문화며 윤리 등에 맞서고 있다.

2.

누군가 나를 감시하고 있다
나의 노동을
나의 삶을
날카로운 드릴로 이마를 뚫고
감시 카메라를 장착해
꿈꾸고 사랑해온 시간들
잊혀진 기억까지 감시하고 있다
직장 상사인가
언제나 나의 자리를 넘보는
저, 주림에 지친 눈빛들…… 하청 노동자들인가
아니다 살아남으려는 발악에 가까운 몸부림
내 몸값을 올리고, 언제든지 무슨 일이라도 할 수 있게
다양한 기능을 익혀두라고 충고하는
약육강식, 야만의 경쟁 논리가 나를 감시하고 있다

꿈속까지 쫓아와 나를 다그치는 불안감
대체 이 불안감의 정체는 무엇인가
끊임없이 경쟁으로 내몰리고
그 대상이 결국 나의 노동이 되는
갈가리 찢겨져 객체로 남아버린
야만의 시간들 속에 꿈은 사라지고
사랑도 시들고
삶의 의지마저 꺾인 채
나의 육체는 더 이상 영혼을 담는 그릇이 아니라
자본의 이윤에 약탈당한 빈 껍질이다

나의 노동은 늘 고부가가치의 생산을 요구받고

그때만 고용이 보장된다

또한 나의 노동은

늘 동료들의 노동을 감시하고

언제라도 대체 인력으로 투입될 수 있는 값싼 노동이다

사슬에 묶여

벼랑 끝에, 풀뿌리라도 부여잡고 매달린

나는

시퍼런 칼날 위에서 대치하고

절망과 희망의 가르는 전선이다

—「나의 노동」 전문

위의 작품의 화자는 자신의 "노동"이며 "삶"이 누군가에 의해 감시당하고 있음을 느낀다. 그리하여 "직장 상사인가"라고 생각해보기도 하고, "언제나 나의 자리를 넘보는/저, 주림에 지친 눈빛들…… 하청 노동자들인가"라고 생각해보기도 한다. 그렇지만 전적으로 인정할 수 없다. 그들이 자신을 감시하는 것으로 볼 수도 있지만 더 큰 감시자가 있다는 생각이 든 것이다. 그리하여 한층 더 고민해본 결과 자신을 감시하는 대상이 다름 아니라 "약육강식, 야만의 경쟁 논리"라는 것을 떠올린다. 그 논리는 "살아남으려는 발악에 가까운 몸부림"으로 화자에게 "몸값을 올리"라고, 또 "언제든지 무슨 일이라도 할 수 있게/다양한 기능을 익혀두라고" 충고한다.

작품의 화자는 "약육강식"의 그 몸부림으로 인해 "불안감"을 느끼고 있다. 그 "불안감"은 "꿈속까지 쫓아와 나를 다그"칠 정도로 심각하다. 그리하여 화자는 "대체 이 불안감의 정체는 무엇인가"라고 다시금 자신을 되돌아본다. 그 결과 "끊임없이 경쟁으로 내몰리고/그 대상이 결국 나의 노동이 되는" 현실을 직시한다. "갈가리 찢겨져 객체로 남아버린/야만의 시간들 속에 꿈은 사라지고/사랑도 시들고/삶의 의지마저 꺾인" 자신을 발견하는 것이다. 다시 말해 자신의 "육체는 더 이상 영혼을 담는 그릇이 아니라/자본의 이윤에 약탈당한 빈 껍질"에 불과하다는 사실을 깨닫는 것이다.

작품의 화자가 자신을 자본에 의해 약탈당하는 존재로 인식한 것은 주목된다. 자신이 사회적인 존재라는 사실을 자각했기 때문이다. 그리하여 화자는 "나의 노동은 늘 고부가가치의 생산을 요구받고/그때만 고용이 보장된다"라고 토로한다. 자본의 이윤 창출에 기여하지 못하는 노동자는 언제든지 해고당하거나 폐기 처분되는 것이 엄연한 사실이다. 따라서 "나의 노동은/늘 동료들의 노동을 감시"하고, 동료들의 노동 또한 자신의 노동을 감시한다는 화자의 자각은 중요하다. 치열한 경쟁과 감시로 인해 노동자들은 서로 소외된 처지에 놓여 자신의 신분에 대한 안정감도 자부심도 갖지 못한다. 오히려 "언제라도 대체 인력으로 투입될 수 있"다고 자신의 처지를 비하한다.

작품의 화자인 노동자가 이와 같은 자의식을 갖는 것은 자본주의가 심화되고 있기 때문이다. 사회 전체가 자본의 이윤이라는 기준에 의해 영위되고 있는데, 이윤이 어느 정도로 필요하고 어떠한 과정으로 획득되고 또 노동자에게는 어떻게 분배되는지 등에 관한 기준이 없다. 그리하여 노동자는 자신의 권익을 보호받지 못하고 자본의 명령만 따르고 있다. 경기 규칙도 심판도 정확하지 않은 경기장에서 자본주의가 요구하는 이윤의 목표치를 달성하느라 희생당하고 있는 것이다. "사슬에 묶여/벼랑 끝에" 놓인 노동자의 처지가 그 여실한 모습이다.

그렇지만 작품의 화자는 자신이 불합리한 조건에 놓여 있다고 할지라도 노동자의 길을 포기할 수는 없다고 노래한다. "절망과 희망의 가르는 전선"인 "시퍼런 칼날 위에서 대치하"는 상황이지만 "풀뿌리라도 부여잡고 매달"리겠다는 것이다. 그것이 의식주의 해결만을 위해서가 아니라 노동자의 세계를 이루기 위해서인 것은 분명하다.

> 나는 나의 사랑이 위선이 아니기를 바라면서
> 길을 떠나야 한다 다시는 돌아오지 못한다 해도
> 다시 한 번 깃발이 되어 서지 못한다 해도
> 나를 버리고, 현장에 뿌리를 내리는 일과
> 투쟁하는 것이 서로 다른 것이 아님을,
> 머리만 아는 것이 아니라,
> 주둥아리로 말만 하는 것이 아니라,
> 몸이 느껴질 때까지
> 가장 낮은 곳에서 일하면서 느껴야 할 것이다
> 현장에서 뿌리를 내리지 못하면
> 그 모든 투쟁과 크고 작은 성과들까지
> 부질없는 것이 되고 만다

가자
가서는 다시 돌아오지 못한다고 해도
이름도 없이 빛도 없이 썩어진다 해도
현장에서 내리는 뿌리는
새로운 투쟁을 만들어가리라.

　　　　　　　　　　　—「하방」 전문

　위의 작품의 화자가 "하방"으로 떠나는 것은 주목된다. 위쪽
이 아니라 아래쪽의 세계에 뿌리를 내리려고 하는 것으로 노동
자의 세계관이 분명하기 때문이다. 자본주의 사회의 지배 계급
이 아니라 노동자 계급을 기꺼이 선택한 화자는 "다시는 돌아오
지 못한다 해도/다시 한 번 깃발이 되어 서지 못한다 해도" 후회
하지 않을 것이라고 노래한다. 또한 자신의 그 "사랑이 위선이
아니기를 바라"고 있다.

　작품의 화자는 "현장에 뿌리를 내리는 일과/투쟁하는 것이 서
로 다른 것이 아님을" 간파하고 있다. 노동자의 세계를 건설하
려면 "머리만 아는 것이 아니라,/주둥아리로 말만 하는 것이 아
니라,/몸이 느껴질 때까지" 일하면서 투쟁해야 된다. 그리하여
화자는 "가장 낮은 곳에서 일하면서 느"끼려고 한다. 만약 "현
장에서 뿌리를 내리지 못하면/그 모든 투쟁과 크고 작은 성과들
까지/부질없는 것이 되고" 말 것이기 때문이다. 따라서 화자가
"가자"라고 외치는 것은 형식적인 구호로 들리지 않는다. "가서
는 다시 돌아오지 못한다고 해도/이름도 없이 빛도 없이 썩어
진다 해도/현장에서 내리는 뿌리는/새로운 투쟁을 만들어 가리

라"는 다짐도 마찬가지이다.

"현장에 뿌리를 내리는 일과/투쟁하는 것이 서로 다른 것이 아"니라는 화자의 인식은 중요하다. 사용자는 결코 노동자의 행복을 위해 자신의 이윤 추구를 포기하거나 양보하지 않기 때문이다. 개별적인 노동자는 끊임없이 감시당하고 착취당한다. 그리고 자본의 이윤 획득에 기여하지 못하면 끝내 해고당하고 만다. 그러므로 "현장에 뿌리를 내리는 일"을 추구하는 데는 "투쟁"이 필요하다. "투쟁"할수록 주체적으로 노동자의 세계를 이룰 수 있기 때문이다. 노동조합의 운영으로 노동자들이 해고당하고 불이익을 받고 비인격적으로 대우 받는 데 맞서는 것이 그 여실한 모습이다. 자본주의가 심화될수록 이윤 추구를 위한 경쟁이 치열해져 노동자가 우선 희생당하기 마련이다. 노동자는 규칙도 심판도 제대로 마련되어 있지 않은 경기장에서 경쟁하다가 결국 희생당하고 만다. 따라서 작품의 화자가 "현장에 뿌리를 내리"면서 동시에 "투쟁"하는 존재가 되려고 하는 자세는 노동자의 세계를 이루는 데 필요한 것이다.

3.

투쟁에서 패배한 지도부에 대한 비판보다
노동과 생산에서 멀어져버린, 관성에 젖어버린 몸이며
노동과 생산의 직접적인 불꽃이 이는 현장에서 멀어진
발길을 탓하고 질책한다

진실로 내가 나를 질책하는 것은
노동으로부터 멀어진 내 발길이다
노동이야말로 그것도 육체적인 노동이야말로
가장 확실하게 관성과 타성에 젖어버린 나를 씻어낸다

평가와 비판이 동지의 발목을 잡고
벽돌 한 장, 톱질 한 번 해보지 않은 평론가의 이야기는
귀담아들을 것도 없다 하지만,
행정 관료처럼 마비된 그들 앞에 부끄러운 것이 아니라
20년, 30년 노동 속에 청춘을 다 바치고
투쟁으로 일어난 동지들 앞에 진실로 부끄럽고 두려울 뿐
이다
계급의식은 낡은 책 속에 있는 것이 아니라,
투쟁하는 노동자들의 함성 속에 있었고
야만적인 경찰의 살인적인 진압 앞에서도
두려워하지 않는 투쟁 속에 있었다

나는 돌아가야 한다
나를 키워낸 내 아버지의 노동 그 현장으로,
나는 돌아가야 한다
나를 키워낸 내 어머니의 눈물 속으로,
돌아가 새벽부터 밤늦게까지 일하며
나는 나의 노동과 동료들의 노동이 어우러진 현장에서
잃어버린 소중한 우리의 꿈을 되찾고,
빼앗긴 자들의 노래를 낮은 소리로 함께 부르리라

        — 「나는 돌아가야 한다」 전문

작품의 화자는 "투쟁에서 패배한 지도부에 대한 비판보다/노동과 생산에서 멀어져버린" 자신을 비판하고 있다. 다시 말해 "관성에 젖어버린 몸이며/노동과 생산의 직접적인 불꽃이 이는 현장에서 멀어진/발길을 탓하고 질책"하는 것이다. 화자가 이와 같은 자세를 취하는 것은 "노동이야말로 그것도 육체적인 노동이야말로/가장 확실하게 관성과 타성에 젖어버린 나를 씻어낸다"는 신념이 있기 때문이다. "노동"이야말로 자아를 실현시키는 가치이자 방법이라고 확신하고 있는 것이다.

아울러 화자는 그 하방에서 추구하는 노동자의 "투쟁"이야말로 절실한 것이라고 주장한다. 그리하여 "투쟁"하지 못하는 자신을 부끄러워한다. "20년, 30년 노동 속에 청춘을 다 바치고/투쟁으로 일어난 동지들 앞에"서 부끄러워하는 것이다. 반면에 "벽돌 한 장, 톱질 한 번 해 보지 않은 평론가의 이야기는/귀담아 들을 것도 없"고 "행정 관료처럼 마비된 그들 앞에 부끄러"워할 필요가 없다고 한다. 화자가 이와 같은 태도를 갖는 것은 "계급 의식은 낡은 책 속에 있는 것이 아니라,/투쟁하는 노동자들의 함성 속에 있"다는 것을, "야만적인 경찰의 살인적인 진압 앞에서도/두려워하지 않는 투쟁 속에 있"다는 것을 체득했기 때문이다.

화자의 그 체득은 노동자의 정체성을 확립하는 토대가 된다. 자아를 성찰하고 미래를 전망하는 것이다. 능동적인 자아로 현재의 변화를 시도하고 갱신시키는 것이다. 체득은 다른 사람들로부터는 물론이고 자신으로부터도 소외되고 있는 노동자에게 중요한 자산이다. 자본주의 사회는 한 노동자의 성찰이나 사랑이나 공동체 의식을 추구하는 기회를 마련해주는 대신 자신의 이익 증대를 위해 노동자를 수단적인 존재로 전락시킨다. 따라서 노동자의 체득은 사용가치가 교환가치로 전환된 이 자본주의 시대에 맞서는 힘을 발휘한다. 노동자의 정서를 회복하고 신념을 견지하고 이상 세계를 지향하는 것이다.

작품의 화자는 "나는 돌아가야 한다"고, "나를 키워낸 내 아버지의 노동 그 현장으로" "돌아가야 한다"고 다짐한다. 마찬가지로 "나를 키워낸 내 어머니의 눈물 속으로,/돌아가"려고 한다. 화자가 노동 현장으로 돌아가려고 하는 목적은 "새벽부터 밤늦게까지 일하며/나는 나의 노동과 동료들의 노동이 어우러진 현장에서/잃어버린 소중한 우리의 꿈을 되찾"기 위해서이다. 나아가 "빼앗긴 자들의 노래를 낮은 소리로 함께 부르"기 위해서이다. 따라서 "나는 돌아가야 한다"는 화자의 다짐은 체득을 바탕으로 한 것이기에 동지애가 강하다.

"나는 돌아가야 한다"는 화자의 다짐은 전태일 열사의 사상을 계승한 것이다. 전태일은 실업 상태에 있는 동안 노동자들이 자유롭고 소외되지 않고 소득 분배가 제대로 이루어지는 모범 기업체를 설립하려는 꿈을 꾸었다. 그렇지만 설립에 필요한 3천만 원의 자금을 구하기란 불가능했다. 그리하여 모 신문에 실명당한 사람에 관한 기사가 난 것을 보고 자신의 한쪽 눈을 각막 이식 수술용으로 제공하고 자금을 구하려는 생각까지 했다. 조영래의 『전태일 평전』에 따르면 어떤 이유에서 반송되었는지는 알 수 없지만 실제로 전태일은 편지를 써 보내기도 했다. 그 무렵

전태일은 삼각산 기슭에 자리 잡고 있는 임마뉴엘 수도원으로 갔다. 임마뉴엘 수도원이 신축 공사를 하고 있었기 때문에 전태일은 그곳에서 인부 생활을 하며 식사 문제를 해결한 것이다. 전태일은 그곳에서 바위를 깨서 집터를 만들고 우물을 파고 남대문시장에 내려가 목재를 리어카에 실어 나르는 일을 밤 12시까지 묵묵히 했다. 그리고 틈틈이 근로기준법 책을 읽었다. 전태일은 그러한 생활을 하다가 마침내 결단을 내렸다. 자신이 설립하려고 한 모범 기업체 같은 노동자의 세계를 청계 평화시장에 세워야겠다고 결심한 것이다.

　　이 결단을 두고 얼마나 오랜 시간을 망설이고 괴로워했던가?
　　지금 이 시각 완전에 가까운 결단을 내렸다.
　　나는 돌아가야 한다.
　　꼭 돌아가야 한다.
　　불쌍한 내 형제 곁으로, 내 마음의 고향으로, 내 이상의 전부인 평화시장의 어린 동심 곁으로, 생을 두고 맹세한 내가, 그 많은 시간과 공상 속에서, 내가 돌보지 않으면 아니 될 나약한 생명체들.
　　나를 버리고, 나를 죽이고 가마. 조금만 참고 견디어라. 너희들의 곁을 떠나지 않기 위하여 나약한 나를 다 바치마. 너희들은 내 마음의 고향이로다.[4]

4　조영래, 『전태일 평전』, 돌베개, 1991, 229쪽.

이 세상의 그 어떠한 명작보다 표현력은 물론이고 내용이 감동을 준다. 그 이유는 "완전에 가까운 결단"을 내렸기 때문이다. 완전한 결단이 아니라 완전에 '가까운' 결단은 한 인간으로서 가장 진솔하면서도 담대한 결심이다. 그 결단은 "나를 죽이고 가"는 것이기에 유한한 인간 존재로서는 두려울 수밖에 없다. 그러므로 전태일은 "오랜 시간을 망설이고 괴로워했"다고 토로한다. 그렇지만 전태일은 그 두려움의 벽 앞에서 자신의 길을 포기하거나 회피하지 않고 나아갔다. 여전히 두려움이 들었지만 완전에 '가까운' 결단을 내린 자신을 부단하게 인식했다. 자신의 길이 "평화시장의 어린 동심 곁"으로, "불쌍한 내 형제 곁"으로 가는 것이기에 포기할 수 없었던 것이다. 결국 전태일은 "평화시장"에서 일하는 노동자들을 "내 이상의 전부"라고, "내 마음의 고향"이라고 여기고 품었다. "너희들의 곁을 떠나지 않기 위하여 나약한 나를 다 바치"겠다며 기꺼이 헌신한 것이다.

「나는 돌아가야 한다」의 화자는 전태일 열사의 그 정신을 따르고 있다. 전태일은 완전에 가까운 결단을 내린 뒤 "나는 돌아가야 한다"고 말했다. "꼭 돌아가야 한다"고 강조했다. '돌아간다'는 개념에는 흐른다는 의미가 내재되어 있다. 하늘의 작용인 천명이 만물을 낳고자 흐르듯이 이 세계의 모든 존재는 흐름으로 작용한다. 인간이 다른 사람을 사랑하는 것도 노동조합 활동을 하는 것도 그 모습이다. 인간의 의식이나 감정의 저변에 흐르는 이 흐름이야말로 인간의 행동을 이끄는 원동력이다. 전태일이 "돌아가"려고 한 의식에는 노동자의 세계를 이루려고 하는

구체적인 희망이 들어 있었다. 작품의 화자 역시 결연한 의지로
나아가고 있는 것이다.

4.

이 땅에 노동자로 태어나
단 한 번
자랑스러웠던 때가 있다면
이천일년삼월이십구일이었다

학교에서 부모님의 직업을 알아 오라고 했을 때
자랑스럽게 한국통신 직원이라고 했다지
미안하구나
그러나
직장에서 네 아버지의 이름은
인부 김 씨였다
똑같이 출근하고 똑같이 일을 해도
반쪽짜리 월급봉투에
일요일 공휴일도 없이 미친 듯이 일에
매달려야 했다

어이 김 씨,
개처럼 불려도 대꾸 한마디 없이
시키는 대로 할 수밖에 없었던 것은
언제 모가지가 잘려나갈지 모르는
비정규직 임시직 노동자였기 때문이었다

지난겨울

분당 본사 시멘트 바닥 위에서
비닐 한 장으로 노숙하면서
뼛속까지 파고드는 추위보다
견딜 수 없었던 것은
싸늘한 냉대와 무관심이었다

비정규직
자본의 야만적 경쟁 논리에
빼앗기고 쫓겨나고 매 맞는
네 아버지의 이름이었다

아들아! 내 딸들아!
이 순간
우리는 다시 한 번 짐승의 울음으로
끌려 내려갈지도 모른다

그러나
지난날
굴욕과 모멸감에 온몸 부르르 떨며
땅속을 헤매고, 전봇대를 기어 올라야 하는
길들여진 노예, 거역할 수 없는 운명을
이제
죽음으로 거부하려 한다

　　　— 「비정규직 김 씨— 2001년 한국통신 비정규직 투쟁
　　　　　　　　　　　200일 연대의 밤」 부분

한국통신 하청업체에 근무하던 노동자들은 본사와 도급 계약

을 맺은 업체 소속으로 신분이 바뀌면서 임금이 줄어들었다. 같은 작업복을 입고 같은 일을 하면서도 신분의 변화로 인해 임금의 손해가 커진 것이다. 더욱이 한국 정부가 국제통화기금(IMF)의 구제 금융을 받아들인 뒤부터 회사가 어려워지자 계약직 노동자들의 임금은 또다시 삭감되었다. 동일한 업무를 수행하면서도 정규직 노동자들과의 임금 격차가 더욱 벌어진 것이다.

계약직 노동자들의 수난은 여기에서 그치지 않았다. 회사는 2000년 5월부터 12월까지 7천여 명의 계약직 노동자들에게 일방적으로 계약 해지 통지서를 보냈다. 회사의 구조 조정 방침에 따라 계약직부터 해고할 수밖에 없다는 것이 내세운 이유였다. 그리하여 해고된 노동자들은 살기 위해 10월에 노동조합을 설립했고, 12월부터 계약 해지 철회와 해고자 복직 등을 요구하며 파업에 들어갔다. 중앙노동위원회도 사측의 책임이 크다고 인정했다. 해고 노동자들은 한국통신 본사 앞에서 추운 겨울 내내 노숙 농성을 벌였다. 사측은 구조 조정이 불가피하다는 대답만 여전히 전했다. 그리하여 이듬해 봄 해고 노동자들은 목동 전화국을 점거하고 농성했는데, 이때 노조위원장을 비롯한 여러 노동자들이 구속되었다. 그럼에도 불구하고 해고 노동자들은 물러서지 않고 한강 다리에 올라가 현수막을 걸기도 했고, 세종문화회관 옥상에 올라가 농성했으며, 국회에 들어가 기습 시위를 벌이기도 했다. 그래도 사측은 물론 정부도 한국통신 정규직 노동조합도 계약직 노동자의 대량 해고 문제를 무시했다. 그 결과 2002년 5월 13일 파업을 끝낼 수밖에 없었다. 그렇지만 한국통신 계약직 노동자들의 투쟁은 비정규직 노동자들의 문제가 어떠한 것인지 사회에 널리 알렸다는 점에서 의미가 크다. 또한 계약직 노동자의 해고에는 자본의 이익을 추구하는 기업과 정부가 공동 전선을 펼치고 있는 것이 확인되었다.

따라서 작품의 화자가 "이 땅에 노동자로 태어나/단 한 번/자랑스러웠던 때가 있다면/이천일년삼월이십구일이었다"라는 토로는 절실한 것이다. 화자는 "똑같이 출근하고 똑같이 일을 해도/반쪽짜리 월급봉투"를 받아야만 했다. "일요일 공휴일도 없이 미친 듯이 일에/매달려야 했다". 또한 "어이 김 씨,/개처럼 불려도 대꾸 한마디 없이/시키는 대로 할 수밖에 없었"다. 화자는 이렇게 적은 월급을 받으면서 과한 업무에 시달리고 비인격적인 처우를 받았는데도 아무 말 못 하고 순응할 수밖에 없었다. "언제 모가지가 잘려나갈지 모르는/비정규직 임시직 노동자였기 때문이"다. 그렇지만 그것마저 보장되지 않고 끝내 해고되고 말았다. 그리하여 "지난겨울/분당 본사 시멘트 바닥 위에서/비닐 한 장으로 노숙하면서/뼛속까지 파고드는 추위"를 감내하며 투쟁했다. 그렇지만 투쟁의 목표를 달성할 수 없었다. 그 이유는 주변 사람들과 사회의 "싸늘한 냉대와 무관심" 때문이었다. 이처럼 "비정규직"이라는 이름은 "자본의 야만적 경쟁 논리에/빼앗기고 쫓겨나고 매 맞"고 사회로부터 냉대받는 존재이다. 그리하여 부당 해고에 맞서 투쟁하는 그들은 "다시 한 번 짐승의 울음으로/끌려내려 갈지도 모른다". "끝도 없이 새까맣게 밀려오는 전투경찰/특수 훈련된 진압군에 의해/저들의 포로가 되어/저들의 법정에 서게 될지도 모른다". 그렇지만 화자는 투쟁을 포기하지 않는다. "지난날/굴욕과 모멸감에 온몸 부르르 떨며/땅속을 헤매고, 전봇대를 기어올라야 하는/길들여진 노예, 거역할수 없는 운명을/이제/죽음으로 거부하려"고 하는 것이다.

계약직 노동자들의 해고 문제가 본격화된 것은 2001년 무렵부터였다. 2006년 12월 국회에서 통과되어 2007년 4월부터 시행된 비정규직보호법의 시행에 의한 노동자들의 피해가 본격적으로 나타났기 때문이다. 1997년 외환 위기 이후 대규모의 정규직 노동자들이 정리 해고를 당했다. 그리고 기업들은 비용 절감을 명분으로 해고 노동자들 중 일부를 비정규직으로 재고용했다. 대부분 2년 계약의 조건이었다. 그런데 비정규직보호법의 조항으로 인해 고용된 노동자들이 해고되는 모순된 일이 벌어졌다. 비정규직보호법에는 2년 이상 고용된 노동자는 정규직으로 간주한다는 조항이 들어 있기 때문에 기업들은 정규직의 고용을 회피하기 위해 계약 기간이 만료되기 전에 계약 해지를 한 것이다. 이와 같이 비정규직보호법은 비정규직 노동자를 보호하기는커녕 노동 조건을 더욱 악화시키고 말았다. 또한 비정규직 노동자들의 합법적인 투쟁에 공권력이 개입하여 탄압하는 상황을 가져왔다. 그와 같은 상황이 "한국통신 비정규직" 노동자의 경우였다.

어느덧 우리 사회는 비정규직 노동자들에 대해 측은하기는 하지만 어쩔 수 없다는 인식이 지배적이다. 실제로 비정규직 노동자들의 처지는 열악하기만 하다. 회사의 발전을 위해서는 어쩔 수 없이 희생되어야 하는 대상으로 간주되고 있는 것이다. 그렇지만 비정규직보호법 속에는 비정규직 노동자 계급의 탄생에 머무르지 않고 정규직 노동자를 비정규직으로 바꾸는 자본의 전술이 들어 있다는 것을 간파해야 한다. 자본이 궁극적인 목표로 삼고 있는 대상은 정규직 노동자들이다. 자본이 구조 조정을 통해 비정규직 노동자들에 손을 대는 것은 결국 정규직 노동자들을 비정규직으로 만들기 위한 사전 작업인 셈이다. 자본은 자신의 이익을 챙기기 위해 정규직이건 비정규직이건 가리지 않고 공격을 가한다. 그러한 전략 차원에서 정규직과 비정규직 간에 위화감을 조성한다. 서로 간에 갈등을 부추기고 단결을 약화시키는 것이다. 따라서 정규직 노동자들과 비정규직 노동자들은 연대해야 한다. 자본이 노동자들 사이를 분열시키는 점을 직시하고 그에 대항하기 위해 정규직과 비정규직으로 분리되지 말고 노동자 계급으로 연대해 나서야 하는 것이다.[5] 조선남 시인의 노동시는 이와 같은 방향을 구체적으로 제시하고 있다. 자본이 지배하는 21세기의 한국 사회에서 노동자의 세계를 이룰 수 있는 방향 혹은 방안을 주체적으로 모색하고 있는 것이다.

孟文在 | 문학평론가 · 안양대 교수

---

5   맹문재, 「노동시의 전진」, 『만인보의 시학』, 푸른사상, 2011, 160~161쪽.

조선남 시인은 첫 시집 『희망수첩』을 낸 이후, 15년이 지나서 두 번째 시집 『눈물도 때로는 희망』을 내놓는다. 희망이 사라진 시대에 여전히 '희망'의 화두를 놓지 않고 있다. 생각하건대 희망이란 얼마나 날 선 절망이며 가슴 선연한 아픔인가?

　　"죽어야 끝나는 지친 노동의 세월"(「나의 이름을 불러다오, 이철복」)을 살아온 그는 "우리가 우리 속에 가두어버린 무기력과 체념을 떨쳐"(「파업을 선언한다, 기계를 멈추었다」)내기 위해, "나의 사랑이 위선이 아니기를 바라면서/길을 떠나야 한다"(「하방」)고 다짐해왔다. 그 길은 "가장 확실하게 관성과 타성에 젖어버린 나를 씻어"(「나는 돌아가야 한다」)내는 일이다.　　　　　　　　– 임성용(시인. 자유실천위원회 부위원장)

　　　그의 시는 살아 있다. 그의 시는 언제나 현장 가장 낮은 곳을 향하고 있고 그의 시는 앞보다는 뒷모습을 얘기한다.

　　무방비 상태의 나약하지만 본능적인, 그래서 더 거짓일 수 없는 시를 써온 사람.

　　노동 가수로 20년을 살아오면서 많은 시인들 중 내 노래의 가사가 되어준 유일한 시인 조선남. 함께 걸어갈 수 있음이 내겐 자랑이다.

　　　　　　　　　　　　　　　　　– 지민주(삶을 노래하는 노동 가수)